MW00803486

Serie Misterio en Español

El Grito

Santiago Fierro Escalante

Copyright © 2015 Santiago Fierro Escalante

Copyright © 2015 Editorial Imagen.
Córdoba, Argentina

Editorialimagen.com
All rights reserved.

Todos los derechos reservados. Ninguna parte de este libro puede ser reproducida por cualquier medio (incluido electrónico, mecánico u otro, como ser fotocopia, grabación o cualquier sistema de almacenamiento o reproducción de información) sin el permiso escrito del autor, a excepción de porciones breves citadas con fines de revisión.

CATEGORÍA: Terror/Misterio/Suspenso

Impreso en los Estados Unidos de América

ISBN-13:
EISBN:

I

Corría el mes de otoño. Las hojas doradas formaban pequeños remolinos que se dispersaban por las calles desiertas a esa hora con motivo de la siesta que envolvía prácticamente a todos los habitantes de la ciudad.

Julio cruzó la calle y una especie de mueca se dibujó en su rostro a modo de sonrisa. Había permanecido encerrado interminables horas en la comisaría. Luego de varios interrogatorios y una posterior detención, para él sin fundamentos, finalmente habían encontrado al culpable del terrible asesinato de la joven.

Por fortuna todo había terminado y se dirigía a su apartamento, un lujoso piso en el barrio más ostentoso del lugar. Una cama cálida lo aguardaba para un descanso reparador donde sus visiones se manifestarían nuevamente una y otra vez…

Caminó un par de cuadras, sus cabellos negros y rizados revoloteaban de un lado al otro. Un fuerte viento proveniente del norte anunciaba una incipiente tempestad. Estaba a punto de cruzar la avenida cuando comenzó a recordar cómo se habían ido sucediendo los hechos que lo llevaron a ese lugar, a ese sitio oscuro, a los gritos de horror y desesperación que clamaban por ayuda, por su ayuda.

Todo había comenzado pocos días antes. Julio estaba con algunos amigos de la Universidad donde estudiaba Letras tomando un café en el mismo lugar de siempre. Mariana y Andrés eran sus compañeros y desde el principio de la carrera habían compartido cierta afinidad que con el tiempo se convirtió en una gran amistad.

— Vamos chicos, apenas son las doce, la noche recién comienza — dijo Julio mientras bebía de un sorbo el resto del café humeante que quedaba en el pocillo.

— Me encantaría, Julio, pero creo que te olvidas que algunos de nosotros trabajamos, estudiamos y tenemos muchas preocupaciones que nos obligan a madrugar. Faltan apenas dos semanas para el examen de Sociología… ¿te estás preparando? —le respondió Andrés, que para sus adentros sabía de antemano la respuesta de Julio.

— Mmm… tiempo al tiempo. Faltan catorce días. Contraté a alguien para que me haga un resumen. Puedo prepararlo los últimos días antes del examen— contestó Julio con aire despreocupado.

— Pero Julio, ¿cuándo vas a tomar las cosas con seriedad? La vida no es solo salir hasta la madrugada y vivir de fiesta en fiesta. Esa actitud no va ayudarte para nada… Tienes que determinarte, focalizar tus deseos, tus metas, así no lograrás nada —agregó Mariana, la más sensata de los tres amigos.

— No te preocupes Marian… Estoy seguro que muy pronto voy a descubrir cuál es mi razón de ser en este mundo. Pero mientras tanto ¡hay que disfrutar la vida! Hay chicas hermosas esperando por conocerme y un par de recitales que no me pienso perder — le respondió Julio con aire burlón.

Andrés pidió la cuenta al mesero. Los tres amigos comenzaban a despedirse cuando Julio escuchó un grito horroroso que provenía del fondo de la cafetería. Giró su cabeza en dirección al lugar de donde provenía el grito y lo que vio se fijaría en su retina como un recuerdo imborrable que lo atormentaría de aquí en más.

— ¡Ayúdame por favor! ¡Va a matarme!—dijo la voz en un sollozo desgarrador.

*****

II

Julio permaneció inmóvil, por un momento creyó reconocer esa voz, la había escuchado antes, solo que no podía recordar dónde y cuándo…

La pared del fondo de la cafetería era de un estilo rústico. Estaba cubierta de ladrillos vistos de un tono terroso. "Inheritance", nombre del local al que siempre acudían, había abierto sus puertas a los habitantes del lugar en la década del 30. Con el tiempo se había ido renovando, respetando el diseño y la arquitectura del momento. Lo único que permanecía intacto desde su apertura era aquel muro del fondo donde, a cada uno de sus costados, se encontraban los sanitarios.

Pero no era eso lo que llamó la atención de Julio. Sobre aquella pared yacía engrillada una joven de cabello cobrizo. Sus brazos, extendidos de par en par y encadenados al muro, estaban cubiertos de moretones, laceraciones y algunas quemaduras. Su espalda encontraba respaldo en el gélido muro y sus largas piernas blancas, desnudas, tenían como soporte los helados cerámicos blancos y negros que dibujaban sobre el piso de *Inheritance* una geometría perfecta, la cual se asemejaba a una gran estrella de cinco puntas.

La muchacha lucía bastante demacrada, dos surcos negros y curvados bajo sus ojos denotaban el agotamiento de aquel cuerpo indefenso, casi agonizante. Su rostro, a pesar de estar cubierto de sangre prácticamente por completo, revelaba delicadas facciones. Su cuerpo delgado casi al descubierto, salvo por un diminuto vestido color coral que ya para ese entonces se había convertido en harapos, revelaba una silueta que, a pesar de ser aún atractiva, denotaba falta de alimentos y deshidratación.

Petrificado, Julio contempló por un instante aquel frágil cuerpo lleno de magulladuras, lesiones y heridas sin poder creer lo que veían sus ojos. Los demás no parecían siquiera inmutarse ante aquella presencia. Sus amigos continuaban conversando sobre el examen de Sociología. Las personas sentadas en el resto de las mesas continuaban bebiendo sus espressos, engullendo confituras y pasteles sin prestar atención a la desgarradora imagen atrapada sobre el muro.

La joven alzó la vista de repente para encontrase con la de Julio. Sus ojos eran de un color verde esmeralda, o al menos uno de ellos lo era, pues en el otro ojo un derrame había teñido la retina de un tono escarlata.

Julio, que aún permanecía sentado sobre la silla en una postura rígida, se echó instintivamente hacia atrás. No llegaba a comprender qué era lo que estaba sucediendo. ¿Cómo podían permanecer todas aquellas personas tan indiferentes? ¿Acaso era él el único que podía ver a la muchacha? Sin poder quitarle la vista de encima, sostuvo firme la mirada y volvió a escuchar esa voz tan familiar.

— Por favor, eres el único que me ha notado. Si puedes verme y oírme, ayúdame. Él va a matarme. No queda mucho tiempo. ¡Ayúdame! ¡Te lo ruego!—imploró en un susurro la voz marchita de la joven dejando a la vista una dentadura desprovista de varias piezas dentales.

Entes que Julio atinara a emitir palabra, la imagen de la joven se esfumó hasta desaparecer por completo del local. Julio permaneció unos segundos intentando descifrar qué era lo que había sucedido. Todo parecía tan real. Pero ¿lo era realmente? ¿Acaso estaba soñando?

— ¿Vi…vieron eso?—musitó con voz temblorosa

— ¿Ver qué?… ¿Qué te pasa? Estás temblando, Julio— respondió Mariana con cierto aire de preocupación.

— Parece que hubieras visto un fantasma… ¡Ja, ja! Estás blanco como un papel—agregó Andrés mofándose de su amigo.

— La chica ahí en el fondo... los gritos...
¿Los escucharon?—inquirió Julio con tono
desesperante.

— Alguien tiene que dormir más y soñar
menos despierto. Tanta bebida y juerga te
están empezando a afectar el cerebro. Aquí
solo quedamos nosotros y dos mesas más
ocupadas. En el fondo no hay nada más que
esa pared horrible que no sé cuándo piensan
remodelar —respondió Andrés en tono
irónico, aunque un tanto preocupado por su
amigo.

— Julio ¿Por qué no vas a tu casa a descansar
un rato? Has estado días sin dormir. La falta de
sueño hace estragos en el cuerpo y en la
mente. Lo que necesitas es dormir un poco. —
sugirió Mariana, quien con esas palabras
buscaba calmar un poco a su Julio.

— Si chicos, probablemente tengan razón.
Hace días que no duermo bien y estoy
empezando a alucinar. Aunque me pareció tan
real... era como si alguien en un gran peligro
me estuviera pidiendo ayuda. ¡Qué ironía!
¡Pedirme ayuda justo a mí! ¡Ja! ¡Ja!

Mejor regreso a casa, mañana tengo una cita con Brenda y tengo que prepararme acorde a la ocasión.— añadió Julio intentando disimular su preocupación y desconcierto.

Los tres amigos se despidieron en la puerta de *Inheritance*. Julio se dirigió a su coche, un Porsche convertible color plata que su padre le había regalado unos meses antes y que le había valido para varias conquistas. Condujo con prisa hacia su apartamento sin prestar demasiada atención a las señales de tránsito. Después de todo era miércoles y ya era casi la una de la madrugada, por lo que no había demasiado tránsito y mucho menos peatones.

*****

III

Al llegar a destino guardó el coche en el garaje de su edificio. En el hall de la recepción estaba el Señor González, el guardia de seguridad al que saludó cortésmente, tal como lo hacía cada noche. Subió al ascensor y presionó el 18, último piso y donde vivía.

Entró al apartamento y se quitó rápidamente sus ropas. Se preparó un trago y, escocés en mano, frente al enorme ventanal que daba al río y a la zona norte de la ciudad, contempló como tantas otras noches el centenar de luces que se reflejaban en las aguas oscuras de la ciudad en reposo. Mañana todo volvería a la normalidad. Todo sería como de costumbre, lo sucedido sólo había sido producto de su imaginación. Saldría con Brenda y aquel mal rato pronto pasaría al olvido.

— Sé que aún puedes oírme... ¿Por qué no has hecho nada? Se acerca la hora ¡¡¡socorrooooooo!!! —decía entre sollozos la voz entrecortada de la joven a causa de su respiración agitada.

La imagen era muy nítida. El lugar parecía el subsuelo de alguna fábrica o depósito abandonado desde hacía algún tiempo. Desde el ángulo en el que se encontraba, Julio podía discernir una especie de malla metálica que separaba aquel lúgubre ambiente en dos compartimientos independientes. Reinaba la oscuridad más absoluta y apenas podía identificar las siluetas de los objetos que se perfilaban entre los finos hilos de luz que penetraban por el tragaluz que se encontraba en una de las paredes laterales de aquel recinto.

Pocos minutos después sus ojos se acostumbraron a ver en la penumbra. La malla metálica que subdividía el lugar se agitaba débilmente hacia adelante y hacia atrás marcando un ritmo irregular. Se detenía e, instantes después, el vaivén volvía a repetirse con mayor intensidad.

Encubiertos bajo el constante ruido férreo de aquel enrejado metálico, el joven escuchó sollozos y lamentos que, al parecer, provenían de uno de los rincones de aquel tenebroso cuarto. Sus ojos se movieron en dirección a aquella voz y allí, una vez más, volvió a verla.

Lucía peor que en la cafetería. Su rostro estaba prácticamente desfigurado, parecía haber sido golpeado instantes antes. Despojada por completo de su vestido color coral, podía verse su cuerpo casi perfecto de no ser por las manchas de sangre ya oxidada que lo cubrían por partes y los repetidos cortes y magulladuras en brazos y piernas.

Julio no se atrevió a aproximarse a la joven. Estaba petrificado, sentía deseos de escapar de aquel horroroso espectáculo del que era testigo omnisciente. De algún modo ese cuerpo le resultaba conocido al igual que el lugar. Tenía la sensación de haber estado allí antes, pero no podía determinar cuándo ni cómo había llegado allí.

La joven apenas podía moverse, su cabeza colgaba hacia un costado, sus cabellos cubrían su rostro. Estaba agonizando.

*****

IV

Empapado en sudor, Julio brincó de la cama. Sentía su corazón acelerado y apenas podía respirar. Sus manos temblaban sin que pudiera contenerlas. Era la pesadilla más aterradora que jamás había experimentado, pero por fortuna, había llegado a su fin.

Sin poder recordar cómo había terminado en su cama, se dirigió al cuarto de baño y tomó una ducha reparadora. Permaneció bajo el chorro de agua caliente indefinidamente. A pesar de que intentaba borrar de sus pensamientos la imagen de ese cuerpo torturado que clamaba por su ayuda, no lograba conseguirlo.

¿Qué era lo que estaba sucediendo con él? ¿Por qué había comenzado a tener esos sueños tan extraños? Parecían tan reales, creía conocer el lugar con el que había soñado… pero no, no. Todo era producto de su imaginación. Irónicamente era un gran admirador de la literatura de horror, terror y suspenso. Autores como Lovecraft, Poe y Bram Stocker eran sus principales influencias literarias. Pero algo muy distinto era disfrutar de esas lecturas de horror al hecho de sentir que las mismas formaban parte de sus vivencias. Julio sabía muy bien cómo terminaban los personajes de esas historias y el pronóstico nunca era bueno.

Luego del baño, se cambió con prisa aunque sin perder la elegancia que siempre lo caracterizaba, casual pero con clase. Tomó su móvil y llamó a Brenda, la hermosa chica que había conocido en una fiesta de la Universidad pocos días antes y con la que había convenido reunirse precisamente hoy. Necesitaba un poco de aire libre, distracción y satisfacer algunos placeres capaces de disuadirlo a recaer en esas perturbadoras alucinaciones o lo que fuera aquello que le estaba sucediendo.

*****

V

El reloj marcaba las 12.34 cuando Julio recogió a Brenda en la pensión de estudiantes donde vivía. Ya conocía el lugar, poco tiempo atrás había salido con otra joven que vivía allí, aunque apenas recordaba su rostro. Brenda era una morena de ojos azules y cuerpo exuberante por demás atractiva.

Ese día lucía particularmente bella. Vestía leggins negros que acentuaban sus piernas torneadas. Una remera azul ultramar con escote infartante insinuaba sus senos sencillamente perfectos, ni demasiado grandes ni muy pequeños. El atuendo de Brenda se completaba con unas botas de caña alta de cuero negro con plataforma que le daban ese look tan sensual y particular el cual no cualquier chica podía atreverse a lucir sin quedar en ridículo.

El rostro de Brenda no era quizás lo más interesante de ella. Era un tanto vulgar, facciones ordinarias que no llamaban demasiado la atención, pero la joven disimulaba este detalle con sus ojos azules un tanto achinados que resultaban por demás cautivadores. Si, Brenda era la clase de mujer capaz de llevar a un hombre a la perdición. Solo le bastaba lanzar una de esas miradas sensuales que parecía haber ensayado en el espejo por años y podía conseguir lo que quisiera de su "víctima".

Sin embargo, la joven tenía un defecto: su voz era insoportable. Tenía un tono chillón y disfónico que resultaba molesto al oírlo por más de media hora. Y su risa… esa risa nasal tan artificial y forzada que hacía que uno jamás deseara volver a escucharla reír.

Julio notó del principio estas imperfecciones. Sin embargo no tenía demasiadas intenciones de conversar con Brenda. No planeaba llevarla al teatro y mucho menos al cine a ver una película cómica. Lo único que deseaba era acostarse con ella un par de veces. Un amigo le había comentado que era muy buena en la cama y que disfrutaba de ciertos juegos sexuales a los cuales la mayoría de las chicas jamás accedían ni llegaban a considerar como una posibilidad en la cama.

Almorzaron en un restaurante de moda. Brenda pidió lo más caro que encontró en el menú. Julio la complació, estaba dispuesto a pagar el precio de salir con esa clase de mujer, además jamás escatimaba en gastos, mucho menos ante una incipiente conquista. Antes de que llegara la comida, le ordenó al camarero que trajera una botella de su mejor champaña para celebrar el encuentro e intentar deslumbrar a la joven.

Almorzaron prácticamente en silencio, aunque luego de varias copas de champaña Brenda comenzó a hablar un poco más relajada sobre temas irrelevantes.

*****

VI

A pesar de su desinterés, Julio permaneció en silencio simulando escuchar con atención cada una de las palabras que salían de sus labios y la dejó beber y beber.

— Estoy algo mareada. Creo que bebí demasiado ¡Jijiji!—chilló Brenda en un tono irritante que abrazaba la embriaguez.

— Si quieres podemos ir a mi casa, tengo una máquina de espresso y puedo prepararte el mejor que hayas tomado. Quizás con ello te sientas mejor. —sugirió Julio con tono amable, aunque en realidad sus intenciones eran otras.

— Ok. Acepto tu oferta.—respondió ella sin siquiera detenerse a pensar su propuesta por un instante.

Una vez en el apartamento Julio le indicó a su acompañante dónde quedaba el cuarto de baño.

— Puedes tomar un baño si lo deseas. Te ayudará a relajarte, hay toallas limpias en el mueble blanco junto al vestidor de mi alcoba. Tómate tu tiempo, mientras tanto prepararé el espresso.

Lo que iba a suceder era evidente. Jamás llegarían a beber ese espresso. Brenda salió del cuarto de baño envuelta en una toalla blanca, las gotas de agua recorrían su cuerpo en una fresca caricia. De pie, Julio la contemplaba con una sonrisa perversa.

Minutos después, sus cuerpos totalmente desnudos se encontraban, se reconocían, se exploraban.

— Apaga la luz. Está todo demasiado iluminado aquí — susurró Brenda al oído.

— No, no quiero perderme de nada, sería un verdadero desperdicio— respondió Julio entre jadeos.

Estaba a punto de alcanzar el clímax. Había imaginado tantas veces ese momento que no podía contener su deseo. Cerró los ojos por un instante para asimilar bien la sensación de placer que lo recorría por dentro.

— Mmm…No te detengas por favor…ya casi— masculló la joven.

Julio notó algo diferente en su tono. No era la voz chillona ni tenía el tono disfónico que la caracterizaba. Era una voz completamente diferente pero a la vez conocida. Julio abrió los ojos y; otra vez, el espanto volvió a tomarlo por sorpresa.

*****

VII

Perplejo y totalmente inmóvil abrió su boca de par en par para lanzar un alarido, pero la voz no salió de sus cuerdas vocales. La muchacha lo miraba con intensidad. Julio sintió cómo aquel cuerpo decrépito clavaba las uñas de ambas manos en su espalda pero no sintió dolor. Estaba demasiado abstraído de la realidad como para experimentar sensaciones. Sintió repulsión. Las náuseas no tardarían en venir.

Recostada en la cama con su pálido cuerpo que empezaba a adquirir un tono verdoso estaba la visión que intentaba borrar de su mente. Sobre las sábanas cubiertas del carmín más intenso, la silueta cadavérica se convulsionó en un orgasmo echando su cabeza hacia atrás. Esta vez los cabellos cobrizos no cubrían el rostro. Su gemido era una extraña mezcla de llanto y placer. De su boca entreabierta asomaban unos pocos dientes amarillentos que colgaban de sus encías. Sus labios, secos, agrietados y desprovistos de pintura labial, comenzaron a buscar los de Julio.

El joven intentó apartarse pero esas manos huesudas, con las uñas enterradas aún en su espalda, lo aprisionaban con fuerza. Forcejeó en un intento por zafarse de ella. Su mente vivenciaba un terror desconocido, una especie de temor mezclado con una buena dosis de odio e impotencia.

A pesar de todos esos sentimientos que experimentaba, no podía dejar de mirarla. Descubrió cierta especie de belleza en ese cuerpo ya casi en descomposición.

Miró sus pálidos senos. Aún estaban firmes, sus pezones de un rosa pálido estaban erectos a causa de la excitación de la muchacha.

Contrariamente al asco y la repulsión que sintió, Julio aún no había perdido la erección y los movimientos involuntarios cada vez más intensos de su pelvis hicieron que continuara con aquello que había comenzado no muchos minutos atrás.

Esta vez la voz, ese susurro repetido al que el joven ya parecía haberse habituado, se limitó a gemir a su compás e instantes después ambos estallaron en un grito orgásmico y desgarrador que anunció el fin de aquel grotesco encuentro.

El cuerpo semi-descompuesto, ahora inmóvil y rígido, permanecía bajo el suyo. La joven no se movía, sus ojos tenían la vista perdida en algún punto incierto del cielo raso. Las uñas enterradas en su espalda le indicaron el estado de rigor mortis en el que se encontraba. Julio empezó a tener arcadas. Sentía repugnancia no solo por lo que veía sino por él mismo. A pesar de haber notado que estaba teniendo sexo con "esa cosa" y no con Brenda, no solo no se había detenido, sino que de cierto modo lo había disfrutado.

Ya no pudo contener las ganas de vomitar. Estaba aprisionado sobre ese cadáver o lo que sea que fuera aquello. Movió su cabeza al costado de la cama y dejó salir la bilis caliente que bajaba y subía por su esófago. Aún no había levantado la mirada del piso cuando escuchó un balbuceo:

— Ahora que te he dado lo que querías, por favor ayúdame. Se acaba el tiempo. Ten misericordia. Ayúdame. El va a matarme…pronto, ayúdame.

El joven se tomó la cabeza con ambas manos tirando violentamente de sus cabellos. Sentía que estaba a punto de enloquecer. Estaba totalmente desconcertado por todo lo sucedido. Una sensación de impotencia e ira se habían apoderado de su ser. Pensar no era una opción, debía actuar… y debía hacerlo rápido. Esta vez no permitiría que lo torturara. No le daría tiempo de hacerlo. Debía continuar con su vida y mientras ella siguiera con súplicas no podría hacerlo. Dejó de tironear de sus cabellos y clavó su mirada en esos ojos aterrados y suplicantes.

— ¿Quieres que te ayude? ¿Soy tu salvación? ¡Pues voy a liberarte de una vez!

Su cuerpo adquirió una ferocidad desconocida. Sus manos temblaban, le resultó difícil contener las ganas de descargar su enojo, su frustración, su vergüenza. Julio no podía pensar con claridad. Sus ojos inyectados en sangre se perdieron en la pintura abstracta que colgaba sobre la cabecera de la cama. Comenzó a apretar con fuerza el frágil cuello de ese ser que lo hostigaba ejerciendo cada vez más y más presión. Iba a terminar con todo de una vez por todas.

*****

VIII

Apenas habían pasado unos segundos cuando comenzó a sentir los jadeos de la muchacha que luchaba con fuerza por liberarse de sus manos. Retiró la vista del cuadro y al volver su cabeza hacia el rostro de su decrépita hostigadora contempló horrorizado los ojos de Brenda. Sus pupilas estaban dilatadas y con sus manos intentaba zafarse de las suyas.

Julio sintió que su corazón se paralizaba. De pronto, instintivamente soltó el cuello de la joven sin poder comprender lo que había sucedido. La escena era perturbadora. Brenda continuaba recostada en la cama, notó que aún respiraba pues su pecho se elevaba suavemente al inhalar el aire para volver a descomprimirse al exhalar.

La joven se tomó el cuello con sus manos. Aún tenía impresas las huellas de las manos de Julio en él. Estaba realmente asustada. Solo bastaba ver la expresión de sus ojos para saber que el pánico se había apoderado de ella. Le tenía miedo y temía por su vida.

Julio intentó decir algo, pero sabía que cualquier cosa que dijese sería inútil. Lo que había hecho era imperdonable. De no haberse detenido en ese momento habrían bastado unos pocos segundos para matar a Brenda y ella lo sabía.

— Brenda… lo siento yo… No sé lo que ocurrió… No eras tú, era ella, la voz esa que me está atormentando. No quise hacerte daño. Por favor, perdóname…— farfulló Julio entre gimoteos.

La joven no respondió. Continuaba masajeándose el cuello. Su cuerpo desnudo vibraba preso del pánico que había vivido. Haciendo un gran esfuerzo, Brenda se incorporó y se sentó al borde de la cama con la vista gacha. Así permaneció por varios minutos en medio de un silencio abismal que ninguno de los dos se atrevió a romper con palabras. Luego se puso de pie y se dirigió tan rápido como pudo al cuarto de baño y echó el cerrojo.

*****

IX

Julio intentaba reconstruir uno a uno los hechos que lo habían llevado a convertirse en un psicópata asesino. ¿Cómo había llegado a un acto de tal violencia? ¿Por qué en lugar de ver a Brenda veía a ese cuerpo lacerado y putrefacto? Y; peor aún, ¿cómo había podido excitarse con él? Algo terrible sucedía en su psiquis. Jamás se había comportado de esa manera, no era una persona violenta, mucho menos con las mujeres.

El también necesitaba ayuda, pero ayuda de otro tipo. Lo que acontecía en su mente era un enigma y haría lo necesario para averiguarlo, aunque antes debía arreglar las cosas con Brenda. Decidió que era tiempo de hacer frente a la realidad y hacerse cargo de lo que le había hecho a la joven. Con pasos lentos pero seguros se acercó a la blanca puerta de madera que lo separaba de Brenda y golpeó la puerta.

— Brenda ¿te encuentras bien? Por favor, sal para que podamos hablar, te prometo que no te hará daño. Déjame explicarte lo sucedido, jamás fue mi intención lastimarte ni asustarte… Abre la puerta por favor… ¡Abre!—dijo mientras acercó su oído a la puerta intentando descifrar qué sucedía dentro el cuarto de baño.

Podía oír el llanto desconsolado de la muchacha y sintió pena por ella. No sabía qué hacer para solucionar ese acto violento del que él era el único responsable. Probablemente Brenda lo denunciaría y; en el peor de los casos, pasaría varios meses en prisión como cualquier agresor de poca monta.

Su reputación se vería afectada y junto a ella el apellido de su familia. ¿Qué sucedería si su padre se enteraba de aquello? Probablemente lo desheredaría y todos sus sueños, sus comodidades y su vida relajada se irían por la borda. Tenía que solucionar eso cuanto antes. Sabía que si había algo que a esa chica le gustaba era el dinero y el tenía la fortuna suficiente como para comprar no solo su silencio sino también su fidelidad.

— Brenda, sal para que podamos hablar. Soy una bestia, lo sé. Pero te juro con mi vida misma que no quise hacerte nada malo. Algo sucede conmigo hace unos días, no sé con certeza de qué se trata pero no puedo controlarlo. Estoy dispuesto a compensarte generosamente el mal rato que te he hecho pasar, te aseguro que no te arrepentirás. Por favor, abre de una vez. Si no estás conforme con lo que te explico y lo que te ofrezco, yo mismo me entregaré a la policía de inmediato.

Minutos después Brenda abrió la puerta y salió del cuarto de baño. Se había puesto sus ropas. Su rostro lucía terrible, estaba pálida y sus ojos cargados de rímel corrido a causa del llanto evidenciaban el pánico que sentía. Se sentó en el borde de la cama, miró a Julio con mirada temblorosa y musitó:

— Por favor no me mates. No voy a decirle a nadie lo que pasó. Déjame ir y será la última vez que sabrás de mí. Solo quiero irme a casa.

Julio se sentó a su lado. Se deshizo en disculpas y le narró a la joven todo lo que le venía sucediendo desde la noche anterior. Tenía la esperanza de que al menos, sabiendo esto, tendría un poco de piedad. Le ofreció además una suma de dinero lo suficientemente grande como para que Brenda desistiera de realizar una denuncia.

El secreto se mantendría entre ellos dos. A pesar del susto, irónicamente Brenda estaba agradecida del ataque de ese psicópata. Ese dinero era su llave de entrada a una nueva vida, la clase de vida que una chica como ella realmente se merecía.

*****

X

Algo de lo que le había dicho Brenda lo dejó reflexionando el resto de la tarde. Le había comentado que cuando era niña, un día, al regresar de la escuela había encontrado a su madre sentada en el sofá meciéndose de adelante hacia atrás. Tenía sus manos juntas, apretadas, como si quisiera evitar que hicieran algo. A pesar de que Brenda le hablaba, su madre no le respondía, mantenía la mirada perdida en el televisor apagado y así permaneció por horas. Al llegar su padre del trabajo la mujer permanecía en la misma situación y el hombre la llevó al hospital. El médico clínico la derivó a un neurólogo quien de inmediato le tomó unas tomografías.

Los resultados revelaron que la mujer tenía un tumor muy grande en el cerebro el cual para esa altura era inoperable. Le diagnosticaron unos pocos días de vida, pero su madre vivió unos tres meses más durante los cuales llegó a alcanzar la demencia más extrema. Se volvió violenta, oía voces y veía personas que nadie más veía, al igual que Julio.

Al llegar la noche Julio apenas podía pegar los ojos. El temor de verse envuelto en una pesadilla como la que había experimentado la noche anterior lo mantenía en vela. Sin embargo se sentía extenuado. El día había sido extraño por demás y unas buenas horas de sueño quizás lo ayudarían a reponerse mental y físicamente.

*****

XI

El dolor era insoportable. Una de esas migrañas severas en la que cualquier vestigio de luz o sonido no hacen más que agravar las molestias. Caminaba por aquel reducto oscuro con rumbo incierto, casi como un sonámbulo. Al llegar a uno de los rincones de ese sótano húmedo, un olor acre mezcla de sudor, orines y desechos humanos invadió sus fosas nasales, era repulsivo. Seguramente se trataba de algún animal muerto en plena descomposición.

A pesar de que la jaqueca le impedía pensar, Julio recordó que en uno de sus bolsillos tenía un llavero con una diminuta linterna que le había regalado Marian para el día del amigo y que usaba para las llaves del locker del gimnasio. Tanteó cada uno de sus bolsillos hasta que dio con el bulto del llavero y encendió la linterna. Su luz era tenue pero era más que nada. Alumbró siguiendo la dirección de la que provenía aquel hedor desagradable y sintió su cabeza a punto de explotar.

Allí estaba ella, aún encadenada a la malla alambrada, con los brazos en cruz, desnuda por completo y sus piernas abiertas de par en par sobre un gran charco de orín, heces y sangre seca. De su sexo afloraban otros fluidos que le hicieron suponer a Julio que había tenido actividad pocos minutos antes. Lentamente comenzó a acercarse. La luz de la linterna espantó un grupo de cucarachas que huyó despavorido tomando distintas direcciones en busca de refugio en la oscuridad.

A medida que se iba acercando, pudo comprobar que su cuerpo había recibido más maltratos. Sus brazos tenían más heridas y la sangre de las mismas le impedía adivinar su profundidad. En el torso pudo notar una serie de extrañas quemaduras propias de las que solían realizarse para marcar el ganado antiguamente. Eran como una especie de sellos impresos en la carne de la joven con una herramienta forjada en hierro y que se asemejaban a algún tipo de escritura. Las quemaduras eran simétricas y entre ellas Julio distinguió algunas flechas y cruces. Otra quemadura más grande, similar a una pequeña herradura vista de revés, se había infectado y de sus bordes manaba pus amarillenta con un filo hilo de sangre en el medio que le recordaron a los dulces que su madre le compraba en su infancia.

Los brazos de la muchacha languidecían a ambos costados de su cuerpo sostenidos por las cadenas. Eran delgados de musculatura apenas desarrollada. Sus largos y finos dedos terminaban en unas largas uñas cubiertas de sangre y trozos de carne que evidenciaban vanos intentos de resistir a su atacante.

Julio se arrodilló junto al cuerpo. No podía ver con claridad el rostro de la joven que estaba cubierto por un gran número de mechones de cabello. Armándose de coraje tomó una de las manos de la joven para comprobar si tenía pulso y; al tocarla algo extraño sucedió. Era como si una fuerza extraña se hubiera metido en su interior.

Los ojos de Julio se pusieron en blanco y comenzó a ver el deplorable accionar del agresor, pero no veía con sus ojos, era como si estuviera utilizando los de alguien más.

Estaba en el mismo sitio, ese sótano fabril abandonado en el medio de la nada. De espaldas, podía ver cómo una figura masculina calentaba lo que parecía una pieza de hierro en un pequeño crisol. Intentó gritar, pero tenía la boca vendada y todos sus alaridos quedaron amortiguados por el grueso lienzo que cubría sus labios.

Miró hacía un costado y los débiles haces de luz que se filtraban por el tragaluz le revelaron que ya había amanecido. Le dolían mucho sus brazos, sentía que había permanecido en esa posición por años. El piso estaba congelado y tenía el cuerpo entumecido. La misteriosa silueta, aún de espaldas, continuaba su labor en silencio y no había nada que pudiera hacer para detenerla, ni siquiera gritar.

Le desesperación que sentía hizo que intentara escapar, a pesar de que sabía que era imposible librarse de aquellas cadenas que mantenían su cuerpo prisionero. Sabía que aquel ser tenía planes terribles. Lo único que podía pensar era que si debía morir, deseaba que fuera lo más rápido e indoloro posible. Sentía tanta fatiga, si tan solo pudiera descansar un instante…

*****

XII

Se despertó de un sobresalto al sentir sobre su vientre el calor de un hierro al rojo vivo que carbonizaba su carne causándole un dolor que no creía poder resistir por mucho tiempo. Pudo respirar el olor a carne chamuscada que provenía de su propio cuerpo, no se atrevía a mirar qué era lo que ese enfermo le había hecho. Le bastaba sentir su carne desgarrada y abrasada para saber la gravedad de la herida.

El extraño se encontraba de pie observando su dolor y disfrutando cada uno de sus gestos de sufrimiento. Llevaba una máscara blanca para cubrir su rostro y; al igual que le había sucedido con la joven, había algo en él que le resultaba peculiarmente conocido. Cuando el enmascarado volvió a posar el hierro candente sobre su torso perdió el conocimiento.

El sonido del teléfono lo salvó de la interminable pesadilla en la cual había pasado de ser un simple observador para convertirse en víctima. Estaba agitado y aún le dolía la cabeza.

— Hola ¿quién es?—dijo con voz grave y somnolienta.

— Julio, soy yo, Andrés. Habíamos quedado en encontrarnos en *Inheritance* hoy para desayunar ¿recuerdas?

— Lo siento amigo, debo haberme quedado dormido, he tenido una mala noche — respondió Julio, quien lejos de justificarse estaba siendo más sincero que nunca.

— No te preocupes, lo dejamos para otro día. Ya estoy entrando a mi trabajo. Solo quería asegurarme que te encontrabas bien. Jamás has llegado tarde y me pareció extraño.

— Disculpa Andrés. Todo está en orden, no te preocupes. Nos vemos en clase el lunes.

Abruptamente colgó el teléfono y corrió a la cocina a ver la hora. Eran las 11.42 de la mañana. A pesar de que siempre había disfrutado la noche y estaba acostumbrado a acostarse tarde, se levantaba relativamente temprano. Intentando despabilarse del estado de sopor en el que aún se encontraba, Julio se preparó el espresso, lo bebió con prisa y salió con prontitud rumbo al centro. Allí se encontraba el Centro de Neurología más importante de la ciudad y a pesar de que no había hecho una cita previa, le urgía hablar con un especialista.

*****

XIII

Ya era viernes, la pesadilla que estaba viviendo había comenzado apenas 48 horas antes. Julio temía que algo sucediera con su cerebro. Si tenía un coágulo o un tumor no había tiempo que perder, quizás aún estaba a tiempo de salvarse.

Condujo sin prisa hacia el Centro Médico. Aun sentía la resaca de esa horrible migraña que había comenzado en su pesadilla. Los latidos de las venas de sus sienes le anunciaban que el dolor se intensificaría en cualquier momento.

El Centro Médico estaba a dos cuadras de donde había dejado su vehículo. Era una construcción del siglo XV, con las características propias de la arquitectura gótica, un majestuoso edificio con una gran cantidad de arcos ojivales por ventanas. La edificación se sustentaba sobre una hilera de columnas con capiteles cargados de gárgolas y una ornamentación principalmente conformada por flores de lis que se desplegaba entre cada uno de los pequeños demonios que asomaban de los capiteles.

Julio no pudo evitar contemplar esos detalles, parecía como si esos pequeños demonios estuvieran a punto de cobrar vida y sintió que un escalofrío recorría su cuerpo.

Una vez en la recepción una hermosa joven de cabellos rubios lo recibió con una amplia sonrisa. En otra oportunidad, Julio no habría tenido reparos en invitarla salir, sólo que ahora la seducción era una de las virtudes que menos le interesaba desarrollar.

— Hola, buenas tardes. —dijo la muchacha con tono cordial

— Hola. ¿Cómo está? Necesito ver a algún neurólogo que me pueda atender ahora, por favor.

— ¿Con quién tenía turno? —preguntó la rubia sin despegar su vista del ordenador.

— La verdad es que no tengo turno con ninguno pero me gustaría que me atendieran ahora. Me urge ser atendido señorita.

La joven examinó a Julio por unos instantes. Percibió en él cierta desesperación que le hizo suponer que le estaba sucediendo algo grave. Tal vez por pena o compasión decidió ayudarlo.

— Mire señor…

— Bagliardi. Julio Bagliardi— añadió Julio.

— Verá señor Bagliardi, los neurólogos del Centro no atienden sin una cita previa. Pero realmente parece que usted tiene una urgencia. De hecho el doctor Raggiardo está en su consultorio y hasta dentro de unas horas no tiene pacientes. Lo que puedo hacer es ingresarlo a usted como si tuviera turno y decirle al doctor que se me olvidó que tenía un paciente. Estoy segura que lo entenderá…

— Muchas gracias señorita, usted es mi ángel de la guarda. No sabe el gran favor que me hace—dijo Julio ralamente agradecido por la ayuda de la muchacha.

La recepcionista le entregó a Julio unos formularios para completar con sus datos y una vez que el joven se los entregó levantó el intercomunicador y le informó al doctor Raggiardo que tenía un paciente.

— Muy bien, el doctor lo verá ahora señor Bagliardi. Suba por las escaleras a mi derecha hasta el primer piso, consultorio 4.

— Muchas gracias señorita, me ha hecho un gran favor, créame.

Julio subió por las escaleras de mármol hasta al primer piso, caminó por el corredor y golpeó la puerta del consultorio 4.

Tomó asiento en uno de los sillones negros de la sala de espera y en silencio aguardó que el doctor lo llamara. Minutos después un hombre calvo, de unos cincuenta años abrió la puerta del consultorio y lo llamó por su apellido. Julio se puso de pie y saludó al doctor dando un leve pero consistente apretón de manos.

*****

XIV

El consultorio del neurólogo era pequeño. Sobre la pared que estaba de espaldas al escritorio colgaban infinidad de diplomas, certificados de congresos y reconocimientos que el neurólogo había obtenido a lo largo de los años. Era un experto en la materia y ese historial le dio a Julio cierta tranquilidad.

Raggiardo lo invitó a tomar asiento y comenzó por hacerle a Julio preguntas de rutina: edad, antecedentes familiares, le preguntó si padecía de jaquecas, si sufría de alguna enfermedad y luego de llenar la ficha técnica con sus datos le preguntó cuál era el motivo de la consulta.

Julio le narró en detalle todo lo que había experimentado las últimas horas, desde la visión de la joven en la cafetería, las pesadillas o alucinaciones, hasta la fuerte jaqueca que aún lo afligía, agregando que temía que se tratara de un coágulo o derrame cerebral que estaba ocasionando todas esas desagradables sensaciones. Lo único que omitió fue el episodio con Brenda, ya que eso no era relevante para el doctor.

Raggiardo escuchó con atención lo que el paciente narraba. Una vez que Julio terminó con su relato, el doctor meditó por unos instantes.

— Muy bien señor Bagliardi. Es imposible dar un diagnóstico sin realizar estudios previos. Lo que vamos a hacer ahora mismo es tomarle una tomografía computada y también un electroencefalograma. Le voy a indicar estos estudios como algo urgente así tenemos hoy mismo los resultados y descartamos todo tipo de supuestos.

Dicho esto, el doctor le entregó unos papeles que indicaban los estudios que debía realizarse y le dijo que se dirigiera de inmediato al Centro de Diagnóstico por Imágenes que se encontraba en el subsuelo del edificio.

Los exámenes le tomaron un par de horas. Una vez finalizados, Julio regresó nuevamente al consultorio del doctor Raggiardo en espera del diagnóstico.

—Tome asiento señor Bagliardi. —una vez que Julio tomó asiento el doctor prosiguió:

— Señor Bagliardi, los resultados de la tomografía y el electroencefalograma no revelaron ninguna anomalía. Su cerebro está en perfectas condiciones. No hay nada que demuestre la presencia de tumores, derrames, ni ningúna rareza en su masa encefálica. Puede estar tranquilo, no va a morir, nada malo nada va a sucederle.

— Pero entonces ¿qué es lo que sucede conmigo, doctor? ¿Qué me está pasando? ¿Qué sucede con mi mente? ¿Me estoy volviendo loco?

El doctor tomó una hoja de papel, anotó un par de nombres con sus respectivos números telefónicos y se la entregó a Julio.

— Estos son dos reconocidos profesionales que han trabajado conjuntamente conmigo y que podrán ayudarlo a encontrar las respuestas que está buscando. La doctora Marlow es una de las mejores psiquiatras de la ciudad, se especializa en casos similares a los suyos. Molvresky es un excelente terapeuta que lo ayudará a focalizar todos estos sentimientos que experimenta y lo desconciertan. Estoy seguro que en poco tiempo se sentirá mucho mejor, no se preocupe.

Julio se despidió del doctor cortésmente agradeciéndole sus recomendaciones y se dirigió a *Inheritance*. Necesitaba ver algún rostro familiar y beber una buena taza de café.

*****

XV

Al llegar a la cafetería se sentó en la mesa de siempre. Pidió un cappuccino a la italiana y; periódico en mano, se dispuso a leer las noticias. Estos últimos días se había desconectado por completo del mundo real y tenía que ponerse al día.

Minutos después vio entrar a Mariana quien, al verlo a la distancia le ofreció una cálida sonrisa. La muchacha se sentó junto a Julio, colgó su abrigo en el respaldo de la silla y le hizo señas al camarero para hacer su orden.

— Milagro verte por aquí. Estabas desaparecido estos días.

— Lo siento Marian. Es que no me he sentido bien. —dijo Julio denotando el estado de angustia que se había apoderado de él desde que había recibido el diagnóstico de Raggiardo.

Para sus adentros el joven esperaba e incluso deseaba que le diagnosticaran algo terrible e incurable. Hubiera sido más fácil aceptar que todo lo que le sucedía era producto de un tumor en su cerebro antes de afrontar lo que sucedía en realidad: algo estaba mal en su mente.

— Te ves muy mal. Somos amigos, puedes confiar en mí. Cuéntame lo que sucede. — comentó Mariana como si hubiera adivinado lo que pasaba por la mente de su amigo.

— Marian créeme que si te cuento vas a pensar que estoy loco de remate…

— No te preocupes, soy tu amiga Julio. No estoy para juzgarte. Cuentas conmigo para lo que necesites y lo sabes.

Julio necesitaba desahogarse. Realmente necesitaba hablar con alguien que lo entendiera. Las cosas se habían vuelto difíciles y hablar con un amigo lo ayudaría a liberarse al menos en parte de todos esos pensamientos que lo oprimían.

Con lujo de detalles le contó a su amiga todo lo que le había sucedido desde aquel episodio en la cafetería e incluso le confesó a Mariana que había estado a punto de quitarle la vida a Brenda.

Su amiga lo escuchó sin interrumpir su relato. Una vez que Julio finalizó, la joven hizo un análisis muy interesante que podría explicar las visiones y los sueños de Julio.

— Julio, creo en cada una de tus palabras. Lo que te sucede es terrible. Pero dime algo… ¿acaso no se te ha ocurrido pensar que esa joven realmente existe y que de algún modo intenta ponerse en contacto contigo para que la ayudes?

— ¿A qué te refieres Marian? ¿Dices que esa chica realmente existe y que yo soy el único que puedo ayudarla? ¿No crees que sea un delirio?

— Pues no, no lo creo. —respondió Mariana con gran convicción y añadió—No hace muchos días leí sobre un experimento que se había llevado a cabo en Omsk hace algunas décadas. Allí un doctor y científico había reunido un grupo de personas que tenían ciertas "habilidades sensoriales especiales".

— ¿Qué tipo de habilidades? Y por cierto... ¿Dónde queda Omsk?—preguntó Julio con tono socarrón buscando descontracturar un poco la seriedad con la que siempre hablaba Mariana cuando compartía sus conocimientos.

— Omsk queda en Rusia. En la década de los 70 el tema de los fenómenos paranormales era un furor. Telepatía, cognición anómala o percepción extrasensorial se convirtieron en aquel entonces en términos conocidos casi por todos. Se hacían reuniones, ejercicios e incluso muchas de estas experiencias llegaron a documentarse con cámaras de video. Hay filmaciones de la época que muestran cosas realmente impactantes. Sin embargo, como sucede con todo fenómeno paranormal o desconocido a ciencia cierta, aparecieron muchos estafadores, personas que aseguraban ver desde "el más allá", que podían comunicarse con los muertos o bien con otras personas que se encontraban en sitios remotos del mundo.

La cuestión es que luego de los 70 y principios de los 80 todo aquello dejó de ser novedad, la gente perdió el interés y estas "capacidades especiales" cayeron en el olvido.

—Entiendo lo que dices. Pero ¿qué tiene que ver Omsk, los experimentos y las "habilidades sensoriales" especiales conmigo?—preguntó Julio sin poder encontrar el hilo conector entre lo que su amiga le contaba con lo que a él le estaba sucediendo

—Nada o quizás… todo— respondió Mariana, para agregar luego— ¿Qué tal si tú fueras una de estas personas y aún no lo sabes? ¿Qué pasaría si tienes la capacidad de comunicarte con otras personas sin necesidad de estar en contacto físico con las mismas? Quizás esa chica también tenga esa capacidad de poder comunicarse y te ha encontrado a ti para que la ayudes. Tal vez se encuentra en peligro de muerte y si tú reconoces el lugar donde se encuentra podrías salvarle la vida…

Julio, pensativo, permaneció en silencio. Las palabras de Mariana abrían un nuevo panorama. Quizás la única respuesta a lo que le sucedía no fuera la locura. ¿Qué tal si ella tuviera razón? ¿Qué pasaría si él realmente tenía esa capacidad especial de la que gozaban tan pocas personas y podía comunicarse con otras que, al igual que él, tenían esta habilidad?

Siempre había hablado de que aún no había encontrado su propósito en la vida. Se encontraba aun en esa búsqueda eterna de no sabía bien qué cosa, pero quizás, tan sólo quizás esta vez podía hacer algo productivo con su vida. Algo de lo que realmente se sintiera orgulloso…

— Tienes razón Marian… Tienes toda la razón. Esta es mi oportunidad de hacer algo bueno con mi vida y ayudar a alguien que realmente me necesita. Sospecho además que si no la ayudo, las cosas se pondrán más oscuras. ¡Gracias! ¡Me has ayudado de verdad! Me voy a casa.

Dándole un ruidoso beso en la mejilla, Julio se despidió de Mariana y salió con prisa de *Inheritage* rumbo a su casa. Estaba dispuesto a llegar al final de aquel misterio. Si realmente tenía la habilidad de ver y escuchar a otras personas, más aún, personas que se encontraban en peligro, podía hacer un buen uso de esta destreza.

*****

XVI

Al llegar a su hogar encendió de inmediato su notebook. Antes de continuar deseaba obtener más información sobre ese tipo de fenómenos paranormales. Navegó un par de horas por cientos de páginas y la mayoría de ellas repetían una y otra vez la misma información:

... *"Cognición anómala: fenómeno paranormal mediante el cual ciertas personas son capaces de recibir y transmitir información mediante telepatía, clarividencia, visión remota y precognición.*

Telepatía: Capacidad de poder transmitir a través de la mente pensamientos o sentimientos entre personas sin necesidad de contacto visual o físico sin utilizar los sentidos. La telepatía es una forma de cognición anómala o percepción extrasensorial que a menudo se relaciona con ciertos fenómenos paranormales como la precognición y la clarividencia.

Aún hoy en día, a pesar de haberse realizado muchos experimentos sobre la telapatía, la misma no es aceptada por la ciencia. Los científicos argumentan que el cerebro humano no tiene la capacidad para producir las magnitudes de energía necesaria que se necesitan para transmitir este tipo de información, menos aún posible es transmitir sensaciones físicas o emocionales.

Las únicas pruebas que existen sobre la veracidad de la existencia de este fenómeno son experiencias narradas por personas que dicen experimentar este tipo de comunicación paranormal.

Percepción extrasensorial o Sexto sentido: Habilidad que poseen ciertas personas para recibir información por medios diferentes a los de los sentidos"…

Julio se sintió identificado con muchos de los testimonios que había leído. La ciencia aún negaba la existencia de este tipo de transmisión o recepción de información. Sin embargo, muchas veces la ciencia no encontraba respuesta racional para todos los sucesos de la vida, de lo contrario, los fenómenos paranormales, lejos de ser tema de cuentos de ciencia o terror, no existirían. La ciencia negaba muchas cosas que no comprendía, ¿acaso los OVNIS no eran otra cuestión que, a pesar de ser evidente, era negada por científicos aún hoy en día?

Tanta información hizo que la migraña de Julio se hiciera más intensa, sabía que en un rato el dolor insoportable de cabeza volvería a acecharlo. Sin embargo, nada de eso le importaba ahora, lo único que deseaba era llegar al final de aquel delirio que le impedía vivir su vida como siempre lo había hecho. Estaba dispuesto a encontrar esa joven y; si era posible, la liberaría.

Se recostó en la cama e intentó relajarse. Entre todo lo que había leído había encontrado unos ejercicios sencillos sobre cómo establecer contacto mediante el uso de la cognición anómala. Inhaló profundamente hasta sentir

que sus pulmones se llenaban de aire, luego
exhaló y repitió esta respiración por unos
minutos hasta que dejó de sentir sus
extremidades. Su cuerpo se convirtió en algo
intangible, quizás se trataba de algún modo de
transmigración o experiencia extrasensorial
que le permitía a su entidad desplazarse a su
antojo.

*****

XVII

Sobrevolaba la zona del puerto. Estaba seguro que en sus inmediaciones se encontraba aquel húmedo y oscuro sitio donde la voz agonizante acompañaba el cuerpo moribundo de la joven. Recorrió silos, depósitos, fábricas abandonadas.

Cualquiera de esas edificaciones podía tener un desván con esas características.

—Muy bien… aquí me tienes. ¡Dime algo! Has conseguido lo que deseabas… Aquí estoy. ¿Dónde te encuentras? ¡Dame una pista!

Continuaba recorriendo las inmediaciones cuya principal población eran cientos de ratas que se desplazaban en distintas direcciones sin percatarse de su presencia. Hacía frío junto al río. El viento soplaba con furia y unos relámpagos anunciaban una fuerte tormenta eléctrica.

Julio miraba hacia todas direcciones, buscaba una pista, algún indicio que le indicara que iba por el camino correcto, pero la presencia no se manifestaba.

— ¡Aquí estoy! ¿No era acaso lo que querías? ¿Me arruinas la vida y luego te esfumas? ¿Qué es lo que quieres de mi?—gritó Julio denotando su ira ante la falta de respuesta.

Cansado de esperar se sentó sobre uno de los muelles que bordeaban la zona. Con los pies colgando en el aire miró su reflejo en el agua calma. No había nada más que pudiera hacer. Era imposible adivinar de dónde venía la voz de esa joven. La intuición no era una de sus mejores virtudes.

Estaba a punto de renunciar a la búsqueda. Aún seguía con la vista fija sobre su reflejo en el agua cuando notó que la misma comenzaba a agitarse. Pensó que se trataba de alguna barcaza que estaría arribando al puerto, aunque a sus alrededores no podía ver nada más que un astillero fantasma a esas horas de la madrugada.

Volvió su vista a su reflejo pero el movimiento constante del agua que formaba pequeñas olas le impidió encontrarlo. Sintió una especie de puntada en su cabeza, un dolor que recorría su cráneo de lado a lado.

Julio se puso de pie, temía caer al agua. Comenzó a caminar apresuradamente con la intención de abandonar el muelle, pero el dolor se lo impidió, haciendo que cayera de rodillas sobre las maderas flojas y rechinantes de aquella angosta plataforma.

Frente a él, una vez más, la joven se hizo presente.

Esta vez no estaba encadenada, libre de ataduras permanecía de pie ante él. Julio extendió uno de sus brazos para tocarla pero su mano no hizo más que atravesar la presencia incorpórea de la joven.

— Dime dónde estás… He venido hasta aquí tal como querías. Déjame ayudarte.

La joven lo miraba fijamente, sus largos cabellos de cobre se agitaban con el viento. Julio observó su rostro, alguna vez habría sido hermoso, ahora apenas podía distinguirse. Estaba destrozado, uno de sus ojos ya no estaba, solo podía verse en su lugar un hoyo profundo y oscuro. Su nariz quebrada y torcida contrastaba con el rostro verde pálido de corte triangular.

El espectro giró la cabeza en dirección a un silo que se encontraba a su izquierda, alzó su brazo huesudo y pálido y lo señaló con la punta de su dedo índice.

— ¡Allí! Rápido, apresúrate… Va a matarme, lo sé. Ya no puedo resistir el dolor…

Julio abrió los ojos. Ya había obtenido la información que necesitaba para encontrarla. De hecho, había sido mucho más simple de los que había imaginado. Saltó de la cama y fue a buscar el coche para dirigirse al puerto. No había tiempo que perder.

*****

XVIII

Condujo rápidamente, ya era de madrugada y realmente deseaba ponerle punto final a aquel martirio antes de que amaneciera. Al llegar al puerto, avanzó tanto como pudo con su auto hasta que el camino se fue haciendo más angosto, por lo que debió bajarse y seguir a pie. Desde allí podía ver a la distancia el silo que le había indicado minutos antes el cuerpo decrépito de la joven.

Caminó hasta llegar al lugar indicado. Una reja de metal con una gruesa linga protegía el lugar de visitantes indeseables. Por fortuna Julio siempre llevaba consigo su Victorinox. Lo había sacado de apuros en más de una ocasión. Forcejeó unos instantes la cerradura de la linga hasta que la misma cedió, permitiéndole el ingreso al galpón, atrás del cual se encontraba el silo.

Le sorprendió reconocer en detalle cada centímetro del sombrío perímetro. Se movía con destreza entre la oscuridad esquivando con memoria inconsciente cada obstáculo del camino. Una vez dentro del silo, Julio comenzó a descender por una escalera metálica en forma de espiral hasta alcanzar el subsuelo. Una vez allí comprobó que todo lo que veía era exactamente igual a lo que había percibido en sus pesadillas. Allí, en la oscuridad más absoluta estaba la ruidosa malla metálica que separaba aquel desván en dos, solo que en lugar de agitarse permanecía inmóvil.

Julio dio un paso hacia adelante y pudo oír el corretear de ratas o alguna clase de alimaña a su alrededor. Su corazón se estremeció, sabía perfectamente con lo que iba a encontrarse. Su vista ya se había habituado a la oscuridad. A medida que avanzaba esperaba oír los sollozos, la voz agonizante clamando por socorro que tanto lo había perturbado... Sin embargo estaba llegando a aquel rincón sombrío donde había visto tantas veces a aquel frágil cuerpo marchitarse y reinaba un silencio sepulcral.

De sus bolsillos sacó la pequeña linterna tal como lo había hecho anteriormente pero en sueños. La luz tenue alumbró el ambiente. Todo era una fiel imagen de ls que había visto en sus ensoñaciones. Desde donde se encontraba podía ver el tragaluz sobre una de las paredes mohosas donde parecía no haber entrado la luz del día por años. Un tufillo pestilente lo invadió penetrando sus fosas nasales, ese hedor ya reconocido que mezclaba desperdicios humanos con traspiración, sangre y carne humana carbonizada solo inauguraba el espanto visual que estaba a pasos de presenciar en la más absoluta soledad.

Titubeó antes de alzar su brazo derecho para alumbrar el rincón donde debería encontrarse la víctima de aquel espectáculo y; efectivamente allí estaba esa alma en pena, encadenada e indefensa, pero a diferencia de lo que había visto en sus alucinaciones, el cuerpo estaba sujeto a la que parecía una rueda de hierro de algún tipo de carruaje antiguo. La rueda estaba soldada en la malla metálica. Sobre esa rueda, con piernas y brazos extendidos en forma de cruz y encadenados, pendía una silueta femenina con la cabeza colgando sobre su hombro derecho.

— ¿Puedes oírme?

No hubo respuesta. Julio esperó unos instantes antes de continuar avanzando hacia la figura desdibujada que podía discernir a unos metros de él. Desde esa distancia la luz apenas le permitía ver a la muchacha. Solo percibía el cuerpo inerte que se encontraba con los brazos abiertos de par en par. Julio temía acercarse, a pesar de que sabía que la chica se encontraba en un estado deplorable, no creía estar listo para presenciar ese momento. Lo aterraba la idea de haber llegado demasiado tarde a su encuentro. Tanto sufrimiento de ambas partes habría sido en vano.

Ante la falta de respuesta comprendió que no tenía más alternativa que aproximarse y ayudarla a librarse de su prisión. Avanzó con temor, pero determinado a dar por finalizado el espeluznante episodio que había teñido de tinieblas su presente. De pie frente a la joven se aterrorizó al ver lo que le había sucedido.

Su cuerpo estaba totalmente destrozado. Sus extremidades estaban despedazadas. Parecía como si hubieran roto cada una de sus articulaciones y huesos con algún tipo de masa o barra metálica.

Todo el cuerpo se encontraba en ese estado, sus extremidades dobladas y dislocadas en toda su extensión mostraban en partes el tejido corporal y huesos rotos y astillados se asoman en algunos de los dedos de las manos y los pies totalmente amorfos.

Un par de costillas quebradas salían del torso de la pobre víctima. Sobre la blanca piel del abdomen y sus senos pálidos, Julio pudo observar una serie de quemaduras infectadas que formaban un jeroglífico indescriptible donde se repetían cruces, flechas, una gran quemadura con forma de herradura y otra serie de extrañas formas que no pudo interpretar. Sus brazos presentaban una gran cantidad de cortes pequeños y profundos que se repartían de la altura de los hombros hasta llegar a las muñecas. En las piernas también había algunos cortes y laceraciones pequeñas que iban disminuyendo en cantidad y extensión a medida que se acercaban a los pies.

Aunque algo desfigurado a causa de los golpes, el rostro estaba intacto en comparación con el resto del cuerpo. Le faltaba un ojo y el otro con los párpados cerrados y violáceos estaba bastante inflamado, tenía el tabique nasal quebrado, al igual que en su última alucinación. Se arrimó un poco más para contemplar sus facciones de cerca, le resultaban familiares. Su largos cabellos rojizos dibujaban interminables ondas cuya sombra se proyectaba sobre una de las paredes trazando una especie de pradera impenetrable. Con la sutil luz de su linterna alumbró aquella cara angulosa, delgada y cadavérica. Al bajar la vista en dirección a su largo y esbelto cuello notó que la joven llevaba un colgante de plata con una letra "A" y fue recién allí cuando Julio cayó en cuenta de quién era la muchacha.

*****

XIX

La conocía y no solo de haberla visto por ahí.
La conocía muy bien. Era aquella joven que no
había podido recordar antes cuando fue a
buscar a Brenda a la pensión. Se llamaba Ana
y se habían conocido unos quince días atrás en
la fiesta de un amigo en común.

Ana era hermosa, de una belleza extraordinaria
mucho más sutil que la de Brenda. Su cuerpo
era delgado, aunque sus atributos estaban
perfectamente equilibrados.

Julio recordó que aquella noche cuando la vio
se sintió peculiarmente atraído hacia ella.
Parecía un ángel con ese fino vestido corto en
jacquard color coral entallado a la cintura que
daba paso a una falda de vuelo con pliegues

que no hacían más que sugerir la delicada figura de Ana sin revelar demasiado.

Tenía una mirada cautivante, cálida como un atardecer de primavera. Sus ojos esmeralda brillaban de felicidad a causa de la diversión y la champaña que corría como agua sobre el yate donde se celebraba la fiesta.

Julio no le había quitado la vista de encima en toda la noche y aprovechó el primer instante en que ella se quedó sin compañía para acercarse. Conversaron un rato, bebieron y rieron. Al terminar la fiesta se había ofrecido a llevarla a su casa aunque al llegar a su coche ninguno de los dos había podido resistir la tentación de manifestar su deseo. Continuaron explorando los placeres de sus cuerpos en el apartamento de Julio hasta entradas las primeras luces de la mañana.

Él se había ofrecido a llevarla a su casa, aquella nefasta pensión en los suburbios.

Habían prometido volver a encontrarse pero desafortunadamente no podía recordar por qué eso no había sucedido. Nunca se había sentido así con ninguna chica antes y no podía entender por qué Ana se había esfumado de sus recuerdos como si jamás hubiera pasado por su vida...

Ahora había encontrado la manera de comunicarse con él, de pedirle ayuda. Todo el tiempo había intentado recordarle quién era y ahora que finalmente su memoria le había respondido, Ana estaba muerta.

Acarició su rostro helado y comenzó a luchar con las cadenas para liberarla. Mientras luchaba con la cerradura de uno de los grilletes que sujetaban el brazo izquierdo de Ana, Julio pudo oír el sonido chirriante de la puerta que daba al desván. Los pasos apresurados de botas crepitaban sobre los escalones desvencijados y un resplandor se posó sobre sus ojos impidiéndole la visión.

*****

XX

— ¡Quédese quieto y alce las manos!—ordenó la voz desde la parte superior de la escalera añadiendo—Aléjese de la pared lentamente con las manos en alto.

Sin siquiera dudarlo por un instante, Julio obedeció y comenzó a retroceder, alejándose de Ana hasta que la voz le indicó que se detuviera. Las luces ya no se posaban en sus ojos, pero sus pupilas aún no discernían más que siluetas.

La policía actuó con rapidez. Uno de los oficiales esposó a Julio, y mientras le leía sus derechos, lo custodió hasta el móvil policial en el cual minutos más tarde fue derivado a la estación de policía.

El cuerpo de Ana permanecería allí hasta que llegara la policía forense. Los oficiales se horrorizaron al contemplar el estado en el que se encontraba el cadáver de la joven. Era imposible determinar la cantidad de vejaciones y torturas a las que había sido sometido. El más joven de los tres oficiales no pudo soportar la escena, invadido por el olor a putrefacción del ambiente y la imagen de aquel cuerpo destrozado en estado de descomposición, vomitó sin previo aviso. Tuvo que salir del subsuelo para tomar aire y recuperar la compostura.

*****

XXI

Horas después de permanecer encerrado en la pequeña y oscura celda de la comisaría, Julio fue conducido a la sala de interrogatorio donde dos detectives lo aguardaban en silencio. Los dos hombres lo miraban inquisitivamente. Uno era corpulento, de espalda ancha, cuello grueso y rasgos duros en su rostro que denotaban su carácter rudo, tendría unos 50 años y se apellidaba Petrovsky. El otro detective era unos años más joven y de aspecto desarreglado, sus cabellos caían desprolijamente sobre sus ojos cubriéndolos parcialmente. En una de sus manos tenía una libreta que probablemente utilizaba para tomar notas y en la otra un bolígrafo automático cuyo botón pulsaba constantemente con su dedo pulgar.

— Muy bien señor Bagliardi ¿quiere contarnos qué pasó?—inquirió con tono paciente Estévez, el más joven de los detectives.

— ¿Podría darme un vaso con agua por favor?—respondió Julio, que sentía la boca seca y pastosa.

Estévez le sirvió un vaso con agua y se lo entregó. Julio ya se había comunicado con su abogado, quien le había recomendado que esperara a que él llegara antes de hacer cualquier tipo de declaración. Sin embargo, no tenía nada que ocultar. No había hecho nada malo, de modo que comenzó a contarle a ambos detectives todo lo sucedido omitiendo, por supuesto, el episodio que sabía no lo favorecería y deseando que Brenda guardara silencio. Incluso les contó que conocía a Ana, que había intimado con ella y que, por razones que desconocía, la muchacha jamás había vuelto a comunicarse con él, al menos, no con vida.

Los detectives escucharon su historia, apenas lo interrumpieron para hacerle algunas preguntas. Las respondió todas sin titubear. El relato les pareció desopilante, sin embargo, lo que no encontraban los detectives era un motivo que hubiera llevado a Julio a cometer un acto tan espantoso. Tenía una gran fortuna, una carrera, amigos, mujeres y no tenía antecedentes, apenas algunas multas por exceso de velocidad.

Sin embargo, era el principal sospechoso, se encontraba en la escena del crimen, conocía a la víctima y; teniendo en cuenta que alegaba tener la habilidad de "poder comunicarse" mediante cognición anómala, suponían que estaba loco de remate.

Luego del interrogatorio Julio volvió a la oscura celda. Hasta que la policía no investigara más acerca de lo sucedido, él era el presunto autor del crimen. Su familia jamás lo perdonaría por manchar de ese modo su apellido, seguramente lo desheredarían. No obstante, esto era ahora lo que menos le importaba. La voz había cesado, tenía su mente en paz. Había hecho todo lo que estaba a su alcance y no se arrepentía por nada. Ahora solo restaba esperar, ser paciente y ver qué sucedía de aquí en adelante.

*****

XXII

Los detectives prosiguieron con su investigación. Interrogaron a Andrés y Mariana. Un poco más tarde interrogaron a Brenda, quien cumplió su parte del trato y no mencionó el episodio que casi terminó por costarle la vida.

La policía requisó la modesta habitación que Ana rentaba en la pensión. Todo estaba en orden. Sus ropas prolijamente dobladas en sus respectivos cajones, el material de estudio obsesivamente organizado y algunas fotos de familia eran todas sus pertenencias. No había indicios de que alguien la hubiera forzado a salir de allí. La última vez que la habían visto fue aquel día que volvió de su encuentro con

Julio. Una de sus amigas le comentó a los detectives vio a Ana entrar a la pensión aquella mañana. Nunca más nadie volvió a saber de ella, era como si se la hubiera tragado la tierra.

Los detectives decidieron interrogar finalmente a Pablo Sanguinetti, el dueño de la pensión, pues era el último que había visto a Ana con vida. Sanguinetti les dijo que no la había visto aquel día. El detective Petrovsky recordó de inmediato aquel rostro: él mismo había detenido a ese hombre años atrás. El dueño de la pensión había pasado siete meses en prisión hacía seis años por abuso deshonesto. Una de sus pensionistas se había animado a denunciarlo luego de haber sido ultrajada por Sanguinetti en reiteradas oportunidades. El propietario de la pensión, que tenía preferencia por las jovencitas, se aprovechaba de las estudiantes que a veces tenían dificultades para pagar la renta y a cambio de la misma las persuadía para que lo satisficieran sexualmente. Si alguna joven se negaba no tenía reparo en obligarlas.

Sanguinetti negó estar relacionado con el crimen, pero su prontuario no lo favorecía.

Tras inspeccionar su domicilio, la policía encontró prendas íntimas de la víctima en su poder y eso terminó por convertirlo en el principal sospechoso de la muerte de Ana.

Ante este descubrimiento, el dueño de la pensión alegó que había entrado en el cuarto de Ana cuando ella no se encontraba para sacar algo de ropa interior y eso habría sido el mayor error que habría cometido en su vida.

La policía no estuvo muy conforme con la explicación de Sanguinetti, consideraban que carecía de fundamentos. El hecho de que tuviera en su poder pertenencias de la víctima lo puso en una posición sumamente desfavorable de la cual el único beneficiado sería Julio.

Los detectives no indagaron mucho más en los detalles, la fama del departamento de policía había decaído últimamente, haciendo que las personas descreyeran de la justicia, por lo que se necesitaba con urgencia levantar su reputación. El caso de Ana había acaparado la atención de los medios por completo y no había mejor publicidad que demostrar que el caso había sido develado rápidamente gracias a la eficacia de los agentes que formaban parte del cuerpo de policía. Esto bastó para determinar que Sanguinetti era el culpable del asesinato de la muchacha. El hombre fue encarcelado, quedando a la espera del juicio y Julio finalmente sería liberado.

*****

XXIII

Las horas en las que permaneció en aquella oscura celda se hicieron interminables para Julio. Pensó que permanecería allí de por vida. Imaginó cómo su piel envejecía y se cubría de arrugas mientras el sol volvía a asomarse una y otra vez tan ajeno de su presente como lo era ahora aquella voz que lo había conducido a aquel macabro final. La imagen de Ana aún se conservaba intacta en su mente, solo que ya no lo perturbaba, era como una tragedia aceptada e incluso comprendida.

Lo único que Julio no aceptaba era el hecho de tener que resignarse a pasar allí el resto de sus días viendo su alma marchitarse un poco más cada instante. Por fortuna, cuando se encontraba en los más oscuros de sus pensamientos, la celda se abrió y el guardia-cárcel le comunicó que podía retirarse, con un ademán cansino pero a la vez autoritario le indicó la salida y le dijo que los detectives ya habían encontrado al autor del crimen de Ana.

Una vez en su apartamento, Julio se desplomó todavía vestido sobre la cama deshecha. Le dolía todo el cuerpo a causa del agotamiento, estaba exhausto pero a la vez muy tranquilo.

Todo había terminado. Las horas que permaneció en la comisaría le parecieron eternas, creyó que nunca saldría de allí. Pero ahora estaba en casa, finalmente se encontraba en su hogar y la voz de Ana ya no lo atormentaría.

Todo había salido según lo planeado, si había algo que siempre lo había caracterizado era su inteligencia, ya que con ella podía manipular la mente de los demás a su antojo, nunca fallaba en eso. Se había tomado el tiempo suficiente para planificar las cosas en detalle y sabía que podía salirse con la suya, esta no sería la excepción…

Después de todo ¿quién se creía que era la perra de Ana para rechazarlo a ÉL? Más aún, después de lo que habían pasado juntos... Se había cansado de llamarla y siempre estaba ocupada, siempre tenía que estudiar, trabajar, salir con amigas... Ninguna mujer jamás lo había rechazado, al final Ana ni siquiera respondía sus llamadas...

Solo lamentaba que su cuerpo frágil no hubiera resistido más tiempo, tenía tantos planes para con ella...Recordó en detalle sus gritos, sus súplicas. Era demasiado tarde. Sonrió al visualizar la expresión de su rostro cuando el hierro fundía su carne.

Sus ojos revelaban su espanto mientras el cuerpo se convulsionaba preso del dolor.

Un hilo de baba chorreó a un costado de su boca antes de dar el suspiro de la muerte.

Había disfrutado cada instante, sentir el eco de sus huesos quebrados cuando golpeaba sus finos dedos con la barra, era como el sonido de canicas que caían.

Qué linda se veía Ana, tan vulnerable y temerosa...había perdido su arrogancia mientras lo deleitaba con la melodía de su carne desgarrada, sangrante, esa carne que había sido suya y ya no sería de nadie más, le pertenecía. Había sido creada para que él pudiera destruirla poco a poco, para darle ese disfrute, ese placer único que nunca antes había experimentado y que tanto lo excitaba: su dolor.

El idiota de Sanguinetti pagaría por el crimen: si hay algo que todos detestan son los abusadores. Además lo tenía bien merecido, era un enfermo degenerado que se aprovechaba de las jóvenes indefensas de la pensión. Seguramente habría muchas pensionistas avergonzadas que no se habían atrevido a denunciarlo por miedo o quizás por vergüenza. En prisión le darían su merecido y no le quedarían ganas de aprovecharse de nadie más, eso era un hecho.

Julio se desperezó en la cama, necesitaba dormir, pero la excitación le impedía conciliar el sueño. Finalmente se quedó dormido con su rostro apacible, completamente relajado.

Caminaba por el sombrío vestíbulo, mientras avanzaba pudo percibir en el fondo la silueta de una joven. Estaba amurada a la pared con un grueso grillete de acero que la sostenía por el cuello. La muchacha gritaba y sollozaba extendiendo los brazos hacia él.

— ¡Ayúdame! ¡Por favor, ten piedad!— gimoteaba entre llantos.

Julio continuó recorriendo lentamente su camino. Esta vez lo haría mucho mejor. Con Ana había aprendido cuál es el límite que un cuerpo tan delicado como el de una mujer es capaz de soportar

Estimado Lector:

Nos interesan mucho tus comentarios y opiniones sobre esta obra. Por favor ayúdanos comentando sobre este libro. Puedes hacerlo dejando una reseña al terminar de leer el mismo en la tienda donde lo has adquirido.

Puedes también escribirnos por correo electrónico a la dirección info@editorialimagen.com.

Si deseas más libros puedes visitar el sitio web de Editorial Imagen para ver los nuevos títulos disponibles y aprovechar los descuentos y precios especiales que publicamos cada semana.

Allí mismo puedes contactarnos directamente si tienes dudas, preguntas o cualquier sugerencia. ¡Esperamos saber de ti!

*****

CPSIA information can be obtained
at www.ICGtesting.com
Printed in the USA
LVHW052045140723
752417LV00025B/275